August Lüben, Carl Nacke

Lesebuch für Bürgerschulen

August Lüben, Carl Nacke

Lesebuch für Bürgerschulen

ISBN/EAN: 9783743314429

Hergestellt in Europa, USA, Kanada, Australien, Japan

Cover: Foto ©Andreas Hilbeck / pixelio.de

Manufactured and distributed by brebook publishing software (www.brebook.com)

August Lüben, Carl Nacke

Lesebuch für Bürgerschulen

Lesebuch
für
Bürgerschulen.

Herausgegeben
von
August Lüben und **Carl Nacke.**

Aus den Quellen verbessert
von
H. Huth,
Rektor der Bürger- und Volksschulen in Langensalza.

Erster Teil.

Sechsundzwanzigste Auflage.
(15000 Exempl. stark.)

Leipzig.
Friedrich Brandstetter.
1895.

Vorrede zur siebenten Auflage.

Der erste Teil dieses sechsteiligen Lesebuches ist für die Elementar=
klasse bestimmt. Es ist darin die reine Schreiblesemethode
befolgt, und durch die ganze Anlage eine innige Verbindung des
Anschauungsunterrichts mit dem Lesen angebahnt worden.
Die reine Schreiblesemethode ist der noch vielfach in Anwen=
dung kommenden gemischten unbedingt vorzuziehen, da sie dem
Anfänger nur die Erlernung eines Alphabetes zumutet, während
diese Druck= und Schreibschrift zugleich darbietet, ja neben der deut=
schen zuweilen sogar noch die lateinische Schreibschrift, also drei
Alphabete zugleich anwendet. Das ist durchaus unnatürlich und
für den Zweck des Lesens zugleich völlig überflüssig, indem
ja das Kind bekanntlich an einem Alphabet das Lesen vollkommen
erlernen kann. Da man das Schreiben an sich im Elementar=
unterrichte nicht entbehren kann, so ist es ganz natürlich, ja mit Rück=
sicht auf den Bildungsstand des Kindes notwendig, für Lesen
und Schreiben zunächst nur die Schreibschrift, und zwar
die am weitesten verbreitete Kurrentschrift, zu gebrauchen.

Bei der Vorführung der einzelnen Buchstaben ist die erforder=
liche Rücksicht auf die Schreibleichtigkeit genommen, gleichzeitig
aber auch ein Fortschritt in den Lautverbindungen angestrebt
worden.

Sinnlose Silben sind vermieden worden, ebenso alle
Verstöße gegen die gebräuchliche Orthographie. In den
Übungen mit kleinen Buchstaben kommen nur Wörter vor, die so
geschrieben werden, wie man sie lautrichtig spricht. Beim Eintritt
der großen Buchstaben kommen nur Sätze zur Verwendung; auch
ist von hier ab Rücksicht auf die leichteren orthographischen Regeln
genommen worden, da die Orthographie schon in der Elementar=
klasse in Angriff genommen werden muß, wenn sie nicht noch in den
letzten Schuljahren Not machen soll.

Die Verbindung des Anschauungsunterrichts mit dem
Leseunterrichte muß als ebenso naturgemäß bezeichnet werden
als die des Lesens und Schreibens. Das Kind soll von der ersten
Stunde an zum Verständnis der Lesestücke geführt werden. Dazu
ist erforderlich, daß der Inhalt derselben mit ihnen besprochen
wird, in vielen Fällen schon, ehe es zum wirklichen Lesen kommt.
Hierbei müssen stets alle Veranschaulichungen gewährt werden,
welche ein guter Jugendunterricht überhaupt erfordert. So weit
wirkliche Körper nur irgend zu erlangen und in die Klasse zu
bringen sind, müssen sie benutzt, und dürfen nicht durch Abbil=
dungen ersetzt werden, da diese auch in der schönsten Darstellung
sich jenen gegenüber als mangelhaft erweisen. Mit den Anschauungs=

übungen sind überall Sprachübungen zu verbinden, die der Hauptsache nach darin bestehen, daß die Kinder die bei der Anschauung und Besprechung der Gegenstände gewonnenen Sätze korrekt und fließend sprechen, und später auch geordnet aufschreiben. Solche Anschauungs- und Sprachübungen dauern anfangs nur 5, 10 bis 15 Minuten, später höchstens eine halbe Stunde, und an sie reihen sich dann unmittelbar Lese- und Schreibübungen, die in der ersten Zeit auch nur von kurzer Dauer sein müssen. Ein so rascher Wechsel der Übungen entspricht ganz dem beweglichen Kindesgeiste und bringt in ungezwungenster Weise Leben in den Unterricht.*)

In Betreff der ersten Schreibleseübungen (I. Abteilung, A.) sei noch bemerkt, daß sie stets erst dann angestellt werden dürfen, wenn die zur Verwendung kommenden Wörter **vorher in Sätzen gebraucht worden sind**. Die hierauf folgenden Übungen bestehen aus kleinen Gruppen von Sätzen, die als Ergebnisse des Anschauungsunterrichts anzusehen sind. **Einzeln stehende oder innerlich nicht zusammen gehörige Sätze** sind möglichst vermieden worden, um die Kinder nicht durch heterogene, rasch auf einander folgende Vorstellungen zu zerstreuen und zu verwirren oder, was eben so schlimm wäre, zum gedankenlosen Lesen zu verleiten. Ebenso fehlen sogenannte **geistreiche** Sätze, wie manche Verfasser von Lesebüchern sie für das erste Schuljahr darbieten, und zwar aus dem Grunde, weil Kinder dieses Alters sie nicht zu verstehen und zu würdigen im Stande sind.

Die der II. Abteilung eingedruckten **Holzschnitte** haben den Zweck, den **Anschauungsunterricht zu unterstützen** und die **Kinder zu erfreuen**, sollen aber die Veranschaulichung durch wirkliche Gegenstände nicht überflüssig machen.

A. L.

Vorrede zur einundzwanzigsten Auflage.

Diese Auflage ist von neuem durchgesehen und — **wo die zur Anwendung gekommene neue Schreibweise andere Sätze oder Ausdrücke nötig machte** — hin und wieder unwesentlich verändert worden.

Langensalza, Ostern 1880.

H. Huth.

---

*) Im XII Bande des „Praktischen Schulmanns" (Leipzig, Brandstetter. 1863.) habe ich in spezieller Ausführung gezeigt, wie Anschauungs-, Sprech-, Schreib-, Lese- und Zeichenübungen in fruchtbarer Weise zu verbinden sind, und erlaube mir, insbesondere angehende Lehrer darauf aufmerksam zu machen.

I. Abteilung.

A. Die kleinen Buchstaben.

1. i, ii, iii, iiii
2. iii, iiii, iiii
3. n, ni, nin, ninn, nnin, nnnin, nnnnn
4. in, nnin, innn, nin, nnin, nnnin, nnninn, nniinn
5. l, lni, lnin, lninn
6. l, lin lnn, lnil, nnil
7. l, nilu, nilnn, lninn, lninnn, lnilnn

8. b, bai, bim, laba, laban,
bataa. 9. o, fo, lofa,
toba, toban, loba, loban.
10. a, mala, malan,
laba, laban, an, ann.
11. aü, miaü, laü, laüt,
baüm, baümm, taüb.
12. a, u, i, o, ü, ai, aü, ai.
13. mala, laba, laba, bala,
in, im, fo, loba, iüm,
nüm, nanim, nain, nain,
naim, laü, baü, baüm.

3.

14. ä, mä, bä, fänn.

15. ö, böfe, löfe, löfen, tönen.

16. ü, übn, üben, übt.

17. äu äu, fäumn, fäumen.

18. a, ä, o, ö, u, ü, au, äu.

19. f, faun, fain, faule, faul, laufen, auf, fanfen.

20. d, da, dü, daum, dain, maudn, maudn, laudn, baudn, bada, lada, aul, linda, binda, bindan.

21. k, kaun, kain, käun,

4.

bauen, baufa, baufau,
bau, bauu, buiuuu.

22. g. güta, güt, gabau,
gaga, uuiga, uuigau,
baügau, buiga, buigau.

23. j. ja, ja, jada, januu.

24. h. ha, ha, haba, habau,
haba, habau, hauta, hauf.
hauu, hauuu, gahau, uafa,
hafu, hafau, hola, holau.

25. ch. uafa, uafau,
hüufa, hüufau, lafa, lafau.

5.

Reise, Reisen, Reischen, ich,
ach, auch, euch, mich, dich,
sich, doch, noch, ich sah, ich
suche, ich lache, ich lache.

26. sch, schai, schauen, schai,
schauen, schöne, schöne,
schön, scheinen, sachschen,
waschen, schauben,
rauschen, träuschen.

27. ß aß, iß beißen,
beißen, heiße, heißen.

28. ß, Roße, Roßen, Rasen.

6.

ich hahe, haigen, hainnen,
haila, hail, haih, iht, nihten.

29. r, rainn, rainn, raiten,
raiten, hören, ich hörn, er
har, raiben, rännen,
raihhen, hören, reih,
reih, nür, der, dir, mir,
rahh, raihhen, raihen,
rühen, rahten.

30. w, wo, wau, wai,
wainn, waiha, waita,
wait, waba, wabnn,

waten, wachen, waschen,

er, wer, werden, wir

werden müde.

31. b, p, rosen, poltern,

pumpen, nipor.

32. z, zu, zeige, zeigen,

zage, zagen, reizen,

heizen, beizen, geizen.

33. s, b, aus, us, los, las,

was, bis, das, das.

B. Die großen Buchstaben.

1. Übung.

1. ie – i. Die, mein, nein, sein, fein.

2. i. I. Die Diele ist neu. Die Diele ist weich. Das Dach ist hoch. Das Dach ist steil. Das Dach ist breit.

3. o. O. Der Ofen ist schwarz. Der Ofen ist warm. Der Onkel ist reich.

9.

Das Obst ist reif. Das Obst ist schön. das Obst fault.

4. o, O. der Ofen, die Öfen. der Ofen ist warm. das Öl ist gelb. das Öl riecht gut.

5. a, A, au, Au. Der Abend ist schön. Die Asche ist grau. Die Asche ist leicht. Dein Arm ist stark. die Ar=men sind lang. das

Auge ist rund. Die
Augen sind blau.

6. ä, Ä, äu, Äu. Der
Apfel ist gelb. Diese Äpfel
sind grün. Dieser Apfel
ist reif. — Der Ast ist
grau. Diese Äste sind
braun. — Deine Äuglein
sind braun.

7. ä, äs, Äs, a, as, As. Die
Ähre ist reif. Die Ähren
sind gelblich. Die Äste.

8. g. H. Diese Hand ist weiß. Diese Hand ist groß. Der Gaul ist alt. Der Gaul ist mager. Der Garten ist klein, aber schön. Der Gärtner ist fleißig. Der Gärtner gräbt. Das Gold ist gelb. Das Grab ist grün.

9. s, sch. Die Seife ist fest. Die Seife schäumt. Die Seife ist bunt. Die Seide

ist grün. Die Wiese ist
grün einen weich. Das
Laub ist rund. Diese
Bäume sind klein. Das
Seil ist kurz. Dieses Seil
ist lang. — Die Schule
ist aus. Die Schule ist
nicht aus. Diese Schüler
sind noch klein. Alle Schüler lesen. Adolf schreibt.
August rechnet. Georg
lacht. Amalia weint.

10. H. R. Der Rain ist schwarz. Der Rain ist grau. Die Rübe ist rein. Die Rübe ist geteilt. Die Rübenmänner sind weiß. Der Reen ist wild. Die Reen grasen. Die laufen fort. Die Rosen leuchten. Unser Horn hämmert.
11. n. N. Die Nase ist dreiseitig. Die Nase kann riechen. Deine Nase ist

14.

klein. Die Nase blutet. — Die Nadel sticht. Die Nadel ist aus Stahl gemacht.

12. o. oh. ö. öh. Die Nadel hat ein Öhr. Das Nadelöhr ist klein. Das Öhr ist länglich. Die Öhren hören. — Die Dohle ist ein Vogel. Die Dohle ist schwarz und grau. Die Dohlen fliegen.

13. i, ih, ihm, ihn, ihr, ihre. Habt ihr die Nadel! Grüße ihn, grüße sie!

14. m, M, u, uh, ü, üh. Das Mehl ist weiß. Das Mehl bleibt. Die Mühle steht. Die Mühle geht. Die Maus ist klein und grau. Die Maus hat einen langen Schwanz. Die Mäuse nagen und naschen. Mäuslein, gaf

nicht in die Erde. Mäuschen,
Mäuschen, hüte dich!

15. v. V. von, vor, wer, viel.
Der Vater ist gut. Der
Vater arbeitet. Der Vater
hat mich lieb; ich liebe den
Vater auch. Der Vogel
fliegt. Die Taube ist ein
Vogel. Die Dohle ist ein
Vogel. Taube und Dohle
sind Vögel. Der Vogel baut
ein Nest. Manche Vögel

17.

singen schön. Das Veilchen blüht. Die Veilchen sind blau. Die Veilchen riechen angenehm; ich liebe die Veilchen.

16. usw. W. Wer bin ich? Wer bist du? Wer sind wir alle? Wer liest? Wer schreibt? Wer spricht? Der Wind heult. Der Wind ist heftig. Der Wind bewegt den Staub. Der Wein ist gelblich. Der Wein ist sauer. Der Wald ist grün.

15.

17. r. R. Die Rose blüht. Die Rose ist rot. Die Rose duftet angenehm. Die Rose hat Dornen. Die Rübe ist weiß. Das Rad ist rund. Das Rad dreht sich. Regen macht naß. Der Regen erfrischt. Das Roß ist grau. Das Roß läuft. Das Roß ist flink. Der Rabe ist schwarz. Die Raben fliegen.

18. f. F. Der Fuß ist länglich. Meine Füße sind noch klein.

Deine Füße sind größer. Wie viel Finger habe ich? Meine Finger sind gelenkig. Alle Finger haben Nägel.

19. i. J. Der Igel hat Stacheln. Der Igel hat vier Füße. Der Igel hat zwei Ohren und zwei Augen. Der Igel fängt Mäuse. Ich— ja. Ich schreibe. Ich werde singen. Ich werde rechnen.

20. j. J. Wie heißt Julie oder Julius? Wie heißt Jakob?

Jesus belehrte die Menschen. Jesus liebt mich. Der Jäger hat ein Gewehr. Der Jäger schießt das Reh. Das Reh wird geschossen.

21. l. L. Die Lüge ist häßlich. Der Lügner wird bestraft. Dem Lügner glaubt man nicht. Lebe wohl! Der Lehrer lehrt. Die Schüler lernen. Das Licht hat einen Docht. Die Lichte sind weiß.

22. l. L. Die Linde ist ein Baum.

Die Linde hat Äste und Laub, ihre Blumen sind gelblich und riechen angenehm. Die Bienen besuchen die Linden. Die Biene hat einen Flügel, sechs Beine und zwei Augen. Mein Buch ist noch neu. Mein Buch hat schöne Bilder. Ich liebe die Bilder. Dein Buch hat einen bunten Schuber.

23. A, B. Wie heißt Bertha? Wie heißt Martha? Wohin hat Mathilda das Rezept gethan?

24. K. K. Ich bin ein Kind. Die
Kinder sind noch klein. Kleine Kinder weinen oft. Diese Kinder
hier sind fleißig. Das Korn
wächst auf dem Felde. Das Korn
hat Ähren. Die Körner werden
gemahlen. Gemahlenes Korn
heißt Mehl. Die Köchin kocht
Milch. In der Küche ist Feuer
und Rauch. Die Kohle glüht.
Die Küche muß rein sein.
25. H. H. Die Schule ist ein Haus.

23.

Das Haus hat ein Dach. Die Mauern des Hauses haben Fenster. Hinter dem Hause ist ein Garten. Ich
habe einen Hut. Mein Hut ist
schwarz. Der Hut ist aus Filz gemacht. An deinem Hute sind Bän-
der und Blumen. Der Hase hat
zwei lange Ohren. Der Hase hat
zwei Augen, eine Nase und ein
Maul. Der Hase hat vier Beine.
Der Jäger schießt den Hasen.
Häschen, laufe davon! Das Häschen

läuft in den Wald. Der Hund holt den Hasen ein. Der Hund beißt ihn.
26. p, P. a, aa. Das Pferd ist groß. Sein Haar ist kurz, am Halse und am Schwanze lang. ju. der Huf. hat einen Huf. Die Hufe sind von Horn. Das Pferd heißt Hafer und Heu. Junge Pferde heißen Fohlen. Die Pferde wiehern. Der Pfau ist ein schöner Vogel. Sein Schwanz ist sehr lang. Der Pfau heißt Körner.

27. ü. Ul. Die Uhr hängt an der Wand. Die Uhr schlägt. Die Uhr hat viele kleine Räder. Der Uhu ist ein Vogel. Seine Augen sind groß, sein Schnabel ist spitz, seine Federn sind weich und gelblich. Der Fluß hat zwei Ufer. Die Ufer sind bald steil, bald flach.

28. A, Z. Die Taube ist ein Vogel. Die Taube hat einen Kopf, einen Hals, einen Rumpf, einen Schwanz und zwei Beine. Die Taube sitzt

26.

mit den Augen, hört mit den Ohren und beißt mit dem Schnabel. Mei-ne Tafel ist von Stein und Holz gemacht. Der Stein ist schwarz und eben, das Holz ist weißlich. Der Teich hat ein Ufer. Am Ufer stehen Pflanzen. Im Teich leben Fische und Frösche. Die Frösche sind grün 29.a.F. Der Uhu ist eine Eule. Die Eulen fliegen des Nachts um. Ihre Nahrung besteht in Mäu-sen und kleinen Vögeln. Manche

27.

Manschen fürchten sich vor den
Eulen. Die Eiche ist ein Baum. Ihr
Laub ist grün, ihre Rinde ist dun-
kelgrau, ihr Holz ist fest. Die Früchte der Eiche heißen Eicheln. Ich
liebe meine Eltern. Meine Eltern
lieben mich auch. Sie geben mir
Nahrung und Kleidung. Sie haben
mir auch eine Tafel und ein Buch
gegeben. Dafür danke ich ihnen.
30. §. Z. Die Zunge ist im Munde.
Meine Zunge ist länglich und

28.

fleißig. Beim Sprechen bewegt
man die Zunge. Jeder Fuß hat
fünf Zehen. Beide Füße haben
zehn Zehen. Die Zähne sind nützlich. Der Garten hat einen Zaun.
Röslein hat ein Röslein Zahn.
W. a. aa. u. uu. e. ee. Der Aal ist ein
Fisch. Der Aal hat einen Kopf,
einen Rumpf und einen Schwanz.
Ich habe ein Paar Schuhe. Gieb
mir ein paar Bonbons! Die Saat ist
grün. Die Saat wächst. Ein Saat-

ist eine große Rübe. Der Saal ist schön gemalt. Der Aar ist ein Raubvogel. Der Aar frißt Aas. Wie heißt ein Pferd, das weißes Haar hat? Daran sind Früchte. Im Garten sind Beete. Das Haar ziert den Kranz. Der Haar ist ein Heide zu Roß und Wuch. Die Kuh frißt gern Klee. Meine Tasche ist leer. Das Meer ist sehr groß. Im Meer sind Fische. Ein See ist kleiner als ein Meer. Im Winter

giebt es Schnee. Der Schnee ist weiß.
Der Mensch hat Leib und Seele.
Hans trinkt Wasser. Das Boot dient
zum Fahren. Das Moos ist grün.
Die Moose sind kleine Pflanzen.
Im Moor ist es sumpfig. Im
Moor wachsen auch Moose.

2. Schärfung.

1. Ein junges Schaf heißt Lamm.
Die Lämmer haben Wolle. Ihre
Wolle ist weich und kurz. Die Läm-
mer sind lustig, laufen und springen

2. Der Kamm dient zum Kämmen. Der Kamm ist aus Horn
gemacht. Die Kämme haben viele Zähne. Die Kämme werden
aus Horn gemacht. 3. Im Sommer ist es warm. Im Som-
mer blühen viele Blumen und
reifen viele Früchte. Ich habe
den Sommer mehr als den Winter.
4. Das Kinn ist unter dem
Munde. Das Kinn ist rundlich.
5. Die Sonne ist rund. Die Sonne

scheint hell. Im Sommer macht die Sonne die Luft heiß. Die Sonne brennt die Haut.

6. Der Ball ist rund und bunt. Alle Kinder spielen gern Ball. Ich werfe den Ball weit fort. Soll ich den Ball holen? Ich kann schnell laufen. Wer schnell läuft, kann leicht fallen.

7. Ein Schiff ist größer als ein Boot. Das Schiff hat Masten und Segel. Mit dem Schiff fährt man

auch dem Manne. 8. Der Pfirsich ist eine Frucht. Der Pfirsich dient als Speise. 9. Die Hühner scharren. Die Tauben girren. Der Bär brummt. Die Kühe brüllen. Die Hunde knurren. Die Räder knarren. 10. Der Baum hat Blätter. Ein Blatt ist dünn und flach. Manche Blätter sind sehr glatt, manche runzlich und behaart. 11. Die Mutter liebt mich. Ich liebe die Mutter auch. Die Mutter giebt

34.

mir ein Butterbrot. Die Butter wird aus Sahne gemacht. Die Mai nen Mäuschen machen auch Butter. Mäuschen sprach: Hier ist Butter, das ist meine Butter, aber hier ist eine Gitter und das ist bitter. 12. Das Wasser ist flüssig. Reines Wasser trinke ich gern. Der Regen ist auch Wasser. Wasser erfrischt die Pflanzen Man legt das Wasser im Kessel fliessen. Seen und Teiche sind Gewässer Flüsse und Bäche müssen Wasser hab

13. Die Bäcker backen Brot und Kuchen. Der Bäcker braucht Mehl, Milch, Butter und Zucker zum Kuchen. Zucker schmeckt süß. Ich esse gern Kuchen. 14. Der Acker wird gepflügt und geeggt. Pflug und Egge sind aus Holz und Eisen gemacht. Auf dem Acker wachsen Kartoffeln und Rüben, Bohnen, Erbsen und Weizen. 15. Die Lippen bedecken den Mund. Ich habe zwei Lippen, eine Oberlippe und eine Unterlippe.

16. Ein Krüppel geht auf Krücken oder an einem Stock. Ein Krüppel ist oft recht unglücklich. Arme Krüppel haben mittags oft kaum ein wenig Suppe. Über einen Krüppel darf man nicht spotten. 17. Jeder Schüler hat einen Platz auf der Bank. Ich sitze auf meinem Platze. Der Stuhl dient auch zum Sitzen. Ich habe einen Satz. Ich schreibe Sätze. Mein Griffel ist spitz. Stumpfe Griffel werden gespitzt. Stumpfe Messer gewetzt.

1. Q. Qu. lautet wie die. Der Fluß
entsteht aus einer Quelle. Die Quelle
ist oft sehr klein. Leichtes Quellwasser
löscht den Durst. Der Frosch quakt.
Wir dürfen kein Tier quälen, es
empfindet die Qual wie wir.
Quirle werden aus Tannenzweigen
gemacht. Der Kopfquirl, die Kopa.
2. L. Die Litrona ist eine Frucht.
Die Litrona ist gelblich schmeckt
sauer. Ein Lautner ist ein schwarz
Gewächs. Eine Ligarra wird zu

[illegible German Kurrent handwriting]

39.

Schreib- und Druckbuchstaben.

a, e, i, o, u,

ä, ö, ü,

au, äu, eu, ei, ai,

n, m, r, v, w, c,

l, b, d, t, r, ck,

g, f, p, z, k, qu, ŋ,

h, f, ſ, s, ſch, ß, ſt.

an ein ob und auf lauf nach mir vier wir
euch du mit kann blicken gut ja pochen zu
boxen quälen helfen leſen los ſchießen ſtoßen
blitzen laichen rennen für vor wer was.

40.

𝒰	Ü	ℒ	L	𝒷	B
𝔄	Ä	𝔅	ℭ	𝔇	𝔈

ℱ	𝒢	ℋ	ℐ	𝒥	𝒦
𝔉	𝔊	ℌ	ℑ	𝔍	𝔎

ℒ	ℳ	𝒩	𝒪	Ö	𝒫
𝔏	𝔐	𝔑	𝔒	Ö	𝔓

𝒬	ℛ	𝒮	𝒯	𝒯	𝒰
𝔔	𝔎	𝔖	St	𝔗	𝔘

Ü	𝒱	𝒲	𝒳	𝒴	𝒵
Ü	𝔙	𝔚	𝔛	𝔜	3

II. Abteilung.

Zur Einübung der Druckschrift.

Art — Achsel. Ästen — Äpfel. Bäume — Blätter. Citronen — Bäumen. Dach — Dohle. Eiche — Eicheln. Fluß — Fische. Gans — Gras. Hirt — Herde. Ida — Igel. Jäger — Jagd. Kuckuck — Käfig. Lerche — Lied. Mühle — Mehl. Nähterin — Nadel. Oktober — Obst. Pferd — Pflug. Quelle — Quecken. Rathaus — Reiter. Sole — Salzwasser. Schere — Schoße. Star — Straße. Totengräber — Toten. Ulan — Ufer. Vetter — Violine. Ware — Wage. Xerxes — König. Y — Ypsilon. Zeisig — Zaune.

Fibel — Eigentum. Kaffee — teuer. Mohr — schwarz. Fußsohle — wund. Herd — Küche. Turme — Krähen. Thal — Kuckuck. Wespe — tot. Tote — Bahre. Töpfer — Thon. Not — groß. Rat — gut. Rad — Speichen. Rute — weh. Schuhmacher — Ahle. Schmied — Amboß. Nuß — Teile. Rezept — Apotheke. Auge — Lider. Schule — Lieder. Uhrkette — Quaste. Geißel — Peitsche. Witwe — vermieten. Offizier — gescheit. Füßen — zehn Zehen. Schere — zwei Teile. Schrot tötet — Hasen. Thor — Thür — offen. Gustav verteilt Obst. Jesus Christus predigte. Wenn thun dem Hasen die Zähne weh? Der Tod ruft alt und jung, arm und reich.

---

1. Die Schule.

1. Ich gehe in die Schule. Die Kinder grüßen den Lehrer. Dann setzen sie sich auf ihre Plätze. Hierauf beten wir. Nun beginnt der Unterricht.

2. Wir lernen in der Schule. Wir sprechen, lesen, schreiben und rechnen. An einigen Tagen singen und zeichnen wir auch.

3. Der Lehrer lehrt. Der Schüler lernt. Der Knabe redet. Das Mädchen antwortet. Die Glocke tönt.

4. Das Buch ist neu. Die Buchstaben sind groß. Das Papier ist weiß. Die Bilder sind hübsch. Die Tafel ist schwarz. Der Stift ist spitz.

5. Ich will gehorchen. Du sollst fleißig sein. Er mag nicht lernen. Wir müssen schreiben. Ihr könnt lesen. Sie dürfen spielen.

6. Der Fleißige arbeitet. Der Fleißige hat gearbeitet. Der Fleißige wird arbeiten. Der Faule schläft. Der Faule hat geschla=
fen. Der Faule wird schlafen.

2. Haus und Hof.

1. Das alte Haus fällt ein. Ein neues Haus wird gebaut. Ein fester Grund wird gelegt. — Der Maurer hat fleißige Gesellen. Sie haben gute Werkzeuge. — Das neue Gebäude hat starke Mauern. Die eichene Thür hat ein festes Schloß. Die großen Fenster haben helle Scheiben.

2. Mein Stübchen gefällt mir. Dein Zimmer ist groß. Karls Kammer ist klein. Der Saal ist unser größtes Gemach. Der Flur ist euer Spielplatz. Unsere Küche ist groß und hell.

3. In dem Hause sind zwei Treppen. Manche Häuser haben keine Treppen. Die Vorderseite hat acht Fenster. Die meisten Fenster haben acht Scheiben. Einige Fenster haben nur sechs Scheiben.

4. Die Wände der Stuben sind gemalt. Die Decke des Saales ist weiß. Das Dach des Hauses ist steil. Der Speicher ist der luftigste Raum des Hauses. Der Keller ist der dunkelste Raum des Gebäudes. Die Vorrats-Kammer ist der liebste Ort der Köchin.

5. Die Geräte im Hause sind neu. Der Spiegel an der Wand glänzt. Der Schirm vor dem Ofen ist gestickt. Der Teppich unter dem Tische ist gewebt.

6. Der Vater benutzt den Schreibtisch. Die Mutter putzt die Bilder. Die Magd kehrt die Zimmer. Sie gehorcht der Herrschaft. Der Herr vertraut dem Diener. Er schenkt ihm einen neuen Rock. Die Hausfrau giebt der Köchin Geld.

7. Der Knecht füttert die Pferde. Die Pferde werden gefüttert. Der Drescher drischt das Korn. Das Korn wird gedroschen.

8. Der Hof liegt hinter dem Hause. Die Ställe befinden sich auf dem Hofe. Die

Scheune steht neben dem Stalle. — Der Wagen wird nach dem Schuppen gefahren. Die Schafe laufen nach den Ställen. Die Arbeiter gehen auf den Kornboden.

9. Die Scheune ist im Winter gefüllt. Die Ställe sind am Tage leer. Sie sollen immer reinlich sein.

10. Der Hund bellt laut. Die Pferde wiehern lustig. Die Kühe brüllen dumpf. Die Schafe blöken kläglich.

11. Der Dieb flieht aus Furcht vor dem Hunde. Die Pferde wiehern vor Lust. Die Kühe brüllen vor Hunger. — Die Schweine erkennt man an ihrem Grunzen. Sie gehen ihres Fettes wegen nur langsam.

12. Hühner, Tauben, Gänse und Enten be-

leben den Hof. Der Hahn ist stolz und streitsüchtig. Die Hühner fressen allerlei Körner, Insekten und Würmer. Das Fleisch der Hühner, Tauben, Gänse und Enten ist wohlschmeckend. Gänse und Enten können gehen, fliegen und schwimmen. Sperlinge und Schwalben besuchen gern den Hof und die Ställe.

3. Ratet einmal.

Ich weiß ein bunt bemaltes Haus;
Ein Tier mit Hörnern schaut heraus,
Das nimmt bei jedem Schritt und Tritt
Sein Häuslein auf dem Rücken mit.
Doch rührst du an die Hörner fein,
Schlüpft es geschwind ins Haus hinein.
Was für ein Häuschen mag das sein? —

4. Die Kirche.

Meine Eltern haben mir oft gesagt, wenn ich erst groß wäre, solle ich Sonntags mit in die Kirche gehen. Das ist das große Haus mitten im Orte, in welchem die Leute des Sonntags singen und beten, und der Pastor vom lieben Gott predigt. Da ist es noch viel schöner als in der Schule. Gestern ließ mich der Küster durch die große Thür hineinschauen. Ach, wie war da alles so still und prächtig! Hohe Säulen, mit schönen Bildern behangen, stützten die gewölbte Decke. An einer der Säulen zeigte mir der Küster die Kanzel, auf welcher der Pastor predigt. Weiter hinten sah ich den Taufstein, an welchem die kleinen Kinder getauft werden. Ganz am Ende erhöht erblickte ich auf Stufen den Altar. Er war mit einem schwarzen Tuche behangen. Auf ihm standen zwei Leuchter und ein kleines Kreuz. Überall waren Bänke und Stühle, und hoch oben prangte an einer der Wände die große Orgel, die zu den frommen Liedern gespielt wird.

Hernach nahm mich der Türmer mit auf den Turm und zeigte mir die großen Glocken, die des Sonntags die Leute zur Kirche rufen. Da hingen sie lautlos an eisernen Bändern; ich aber glaubte, sie müßten jeden Augenblick ihren großen Mund aufthun und ihr Lied hinunter rufen in die Stadt. Ach, wie tief lag die Stadt unter mir! Die Leute auf der Gasse kamen mir wie Zwerglein vor. Und doch war ich noch lange nicht auf der obersten Höhe. Wenn ich erst größer bin, dann will ich hinaufsteigen bis unter den großen Turmknopf.

5. Verlangen nach der Kirche.

Ich bin noch klein, ich kann noch nicht
Mit in die Kirche gehen
Und muß mit traurigem Gesicht
Hier hinterm Fenster stehen.
Die andern gehn mit frohem Sinn
So allzusammen immer hin.

Doch stille nur, die Zeit ist nah,
Bald werd' ich groß, wie meine Brüder;
Dann bin ich auch mit ihnen da
Und singe mit die schönen Lieder
Und höre recht und merk' und lern'
Von Jesus Christ und Gott dem Herrn. Hey.

6. Der Kirchhof.

Ich bin gern auf dem Kirchhofe. Da ist es still und feierlich, und die Kirche mit dem hohen Glockenturme schaut ernst auf die Gräber hernieder. Da ruhen die gestorbenen Menschen neben einander, Alte und Junge, Reiche und Arme, und die Blumen auf den Gräbern nicken im Winde, als wollten sie sagen: „Schlaft nur, ihr lieben Menschen da unten; es wird auch ein Tag kommen, an welchem ihr wieder aufwachet. Wir Blumen wissen das." Zwischen den Gräbern wandeln die Leute still und ernst umher, und manche weinen. Es ist auch gar zu traurig, wenn jemand stirbt, den man so recht lieb hat. Dann kommen die schwarzen Männer, tragen den Toten im Sarge hinaus und senken ihn in die kalte Erde. Dort unter dem kleinen Hügel schläft mein Schwesterchen. Da will ich hingehen, ein Kränzlein winden und das schwarze Kreuz damit schmücken.   C. Nacke.

7.

Wo sind alle die Blumen hin?
Schlafen in der Erde drin,
Weich vom Schneebettchen zugedeckt.
Stille nur, daß sie niemand weckt.
Übers Jahr mit dem Sonnenschein
Tritt der liebe Gott herein,
Nimmt die Decke hinweg ganz sacht,
Ruft: ihr Kinder, nun all' erwacht!
Da kommen die Köpfchen schnell herauf,
Da thun sie die hellen Augen auf.   Hey.

8. Markt und Brunnen.

1. Da ist auch noch ein Platz. Auf dem ist's aber nicht still und ruhig, wie auf dem Kirchhofe. Vom frühen Morgen bis zum späten Abend sieht man ein geschäftiges Treiben; ja, an manchen Tagen kann man kaum durch das Gewühl der Menschen, das da hin- und herwogt. Das ist der Marktplatz. An seinen Seiten stehen in der Regel die größten und schönsten Häuser, und das Rathaus erhebt sich gewöhnlich in der Mitte desselben. In den Häusern befinden sich viele Kaufläden, und zu gewissen Zeiten werden sogar auf dem Markte selbst noch Buden aufgestellt, damit die Leute beim Ein-

kaufen alles recht hübsch bei einander haben. Da kommen denn die Leute nicht bloß aus der Stadt, sondern auch vom Lande herbei und kaufen und verkaufen, so viel sie nur immer können. Die Mutter aber vergißt gewiß nicht, etwas mit zu bringen, was den Kindern Freude macht.

Liebe Kindlein,	Kistchen und Pfeifer,
Kauft ein!	Kutschen und Läufer,
Hier ein Hündlein,	Husar und Schweizer:
Hier ein Schwein;	Nur ein paar Kreuzer,
Trommel und Schlägel,	Ist alles dein!
Ein Reitpferd, ein Wägel,	Kindlein, kauft ein!
Kugeln und Kegel,	Goethe.

2. Mitten auf dem Markte steht der Brunnen. Der plätschert Tag und Nacht, und es sieht gar schön aus, wenn die Strahlen der Sonne oder des Mondes in dem hellen Wasser sich spiegeln. Es muß ganz besonders hübsch am Brunnen sein; denn die Mägde, die abends und morgens zum Wasserholen kommen, stehen da oft noch lange und plaudern mit einander, wenn schon die gefüllten Eimer überlaufen.

C. Nacke.

9. Das Wasser.

1. Was sollten wir anfangen, wenn wir kein Wasser hätten! Ohne dasselbe könnten wir gar nicht leben, hätten nichts zu essen und nichts zu trinken, keine Kleider und keine Schuhe. Darum wollen wir auch das geringste Wassertröpflein nicht verachten, das aus der Erde quillt oder aus den Wolken herabfällt; denn der allmächtige Gott hat gemacht, daß eins nach dem andern sich sehnet, als wären sie Brüder und Schwestern, bis sie vereinigt ein Bächlein bilden zum Nutzen der Menschen.

2. Da droben auf dem Berge ist die Quelle. Freudig rauscht sie das Thal hinab, um sich mit dem Bruder Bach zu vereinigen, der unten im Thale hinfließt. Zwischen den Blumen des Ufers wandeln sie weiter, und die Fischlein freuen sich der klaren Flut und spielen vergnügt im Sonnenscheine, bis der Fischer kommt mit Angel und Netz und dem Spiele ein Ende macht. Aber das Bächlein wandert weiter und weiter und wird allmählich zum Flusse. Der springt jetzt stäubend über das gewaltige Mühlrad und zwingt es, seine Welle zu drehen und die Mühle in Bewegung zu setzen. Nun kommt er an die Stadt mit den hohen Türmen, den schönen Häusern und den vielen

Menschen. Die haben eine Brücke über ihn hergebaut und gehen herüber und hinüber, und er muß ruhig darunter hinfließen. Dann aber kommt er an die schönen Felder und die grünen Wiesen und guckt hinein und möchte gern darin herumgehen. Da schmilzt der Schnee, und der Regen fällt vom Himmel, und die Gewässer des Flusses steigen, bis sie über den Damm hinaus strömen, der sie zurückhalten sollte. Sie bringen in die Felder und Wiesen, und die ganze Flur wird ein See. Doch es dauert nicht lange, da kehrt der Fluß in sein Bett zurück und fließt wieder ruhig zwischen den Ufern weiter und immer weiter. Da kommen die Schiffe mit ihren Mastbäumen und bunten Fähnchen, die im Winde flattern, und mit den weißen Segeln, die der Wind aufbläht, wie die Leinwand auf der Bleiche. Der Fluß trägt sie alle mit sich fort, weit fort bis an das große Wasser, das wohl größer ist, als hundert Flüsse. Das ist das Meer. Es kommt mit gewaltigen Wogen heran und brauset, daß sich die Leute auf dem Schiffe fürchten. Allein der Fluß ruft: „Hier bring' ich dir die Quellen und Bächlein alle, die mit mir reisen wollten, und die Schiffe, die ich auf meinem Rücken getragen habe. Nimm du sie nun auf, liebes Meer; ich bin müde und will mich ausruhen."

Nach Curtman.

10. Das Bächlein.

Kind: Du Bächlein, silberhell und klar,
     Du eilst vorüber immerdar;
     Am Ufer steh' ich, sinn' und sinn':
     Wo kommst du her? wo gehst du hin?

Bach: Ich komm' aus dunkler Felsen Schoß;
     Mein Lauf geht über Blum' und Moos;
     Auf meinem Spiegel schwebt so mild
     Des blauen Himmels freundlich Bild.
     Drum hab' ich frohen Kindersinn;
     Es treibt mich fort, weiß nicht, wohin.
     Der mich gerufen aus dem Stein,
     Der, denk' ich, wird mein Führer sein.

Karoline Rudolphi.

11a. Das Brot.

Es war ein heißer Sommer. Tag für Tag stieg die Sonne am wolkenlosen Himmel empor. Die Bächlein vertrockneten; die Flüsse schlichen kümmerlich im flachen Bette dahin; die Blumen am Ufer hingen traurig ihre Köpfchen, und die Kornähren im Felde seufzten nach kühler Labung. Der Landmann aber ging kummervoll durch die gelb gewordenen Saaten und flehete, gen Himmel blickend, also: „Siehe, lieber Gott, ich habe gethan, was ich thun konnte, habe im Frühjahr gepflügt und gesäet und die keimende Saat gehütet mit aller Sorgfalt. Du hast sie bewahret vor bösen Wettern, und die Menschen freuten sich der gesegneten Fluren. Sei du uns nun auch ferner gnädig. Unser täglich Brot gieb uns heute!" Das hörte der liebe Gott und erbarmte sich der bekümmerten Menschheit. Bald türmten dicke schwarze Wolken sich auf, und ein erquickender Regen tränkte die Flur. Da wurden die Menschen wieder froh. Die Blumen hoben ihre Häupter; die Saaten standen erfrischt im Sonnenschein, und fröhlich plätscherten die Gewässer in ihren Ufern. Bald klang die Sense des Schnitters und das Lied der Schnitterinnen durch das Feld. Kornbeladene Wagen schwankten heim. Dann

ertönte der Drescherschlag auf der Tenne, und die Ernte
war noch kaum beendet, so brachte der Müller schon
schönes weißes Mehl ins Haus. Das wurde geknetet,
gesäuert und zum Bäcker geschickt, und den andern Tag
erhielt das Büblein, das hungrig aus der Schule kam,
ein großes Stück vom neuen Brote. Die Mutter aber
faltete die Hände und betete: „Aller Augen warten auf
dich, Herr, und du giebst ihnen ihre Speise zu seiner
Zeit. Du thust deine milde Hand auf und sättigest
alles, was lebt, mit Wohlgefallen." C. Nacke.

11b. Das Brot im Wege.

Im Weg das Krümchen Brot
Tritt nicht mit deinem Fuß,
Weil's in des Hungers Not
Ein Tierlein finden muß.

Leg's auf den Stein vorm Haus,
Und kannst du, brock es klein:
Still dankt es dir die Maus
Und still das Vögelein. Fr. Güll.

12. Die Kartoffel.

Die Kartoffeln werden von jedermann hoch in Ehren
gehalten. Woher kommt das? Das kommt daher, weil
sie sehr wohlschmeckend und wohlfeil sind. Viele Menschen
essen an den meisten Tagen des Jahres zweimal Kartoffeln,
zu Mittag und am Abend. Die Armen würden ohne
Kartoffeln nicht leben können. Auch manche Haustiere
werden mit Kartoffeln gefüttert. Man macht auch
Stärke und Branntwein aus Kartoffeln. Branntwein
mag ich nicht trinken; er schmeckt schlecht und ist der
Gesundheit nachteilig, wie meine Mutter sagt.
A. Lüben.

13. Das Fleisch.

Fleisch schmeckt auch gut; aber ohne Brot und Kar=
toffeln kann man es beinahe gar nicht essen. Kleinen
Kindern ist das Fleisch nicht so zuträglich, wie Brot und

Milch. Der Fleischer schlachtet Ochsen, Kühe, Kälber, Schafe, Schweine und verkauft das Fleisch. Ein Pfund Fleisch kostet mehr, als ein Pfund Brot, oder eine Metze Kartoffeln; daher können arme Leute oft nur Sonntags ein Stückchen Fleisch zur Suppe kochen. Wurst und Schinken sind noch teurer und finden sich deshalb nur auf den Tischen der Wohlhabenden.
A. Lüben.

14. Schinken und Bratwurst.

Schinken: Bratwürstchen, du dort im Tiegel, sag',
Was nur so schön hier riechen mag?
Bratwurst: Schinkchen, das weiß ich gut genug,
Ich habe ja selbst den schönen Geruch.
Ich schwitze hier auf dem Feuer ein wenig;
Drum riech' ich so schön, als wie ein König.
Dem Würstchen wird es im Tiegel heiß,
Daß es nicht mehr zu bleiben weiß.
Köchin, wo steckst du nur so lange!
Feuer das brennt; ihm wird ganz bange;
Köchin, sei doch nicht so dumm,
Komm nur geschwind und wend' uns um.
Hey.

15. Der Garten.

Im Garten ist's gar schön. Da wachsen Tulpen, Hyacinthen, Levkojen und viele andere hübsche Blumen; auch zieht man darin Salat, Gurken, Spargel, Erbsen, Bohnen und vor allen Dingen prächtiges Obst. An der Wand befindet sich eine Laube aus Jasmin oder Wein, in die man sich setzt, wenn es sehr heiß ist. In der Mitte derselben steht gewöhnlich ein runder steinerner Tisch, an dem Vater, Mutter und Kinder nachmittags zuweilen Kaffee trinken. Der Gärtner muß recht fleißig sein, wenn er schöne Blumen und wohlschmeckendes Obst und Gemüse ziehen will. Er hat aber auch viel Freude, wenn seine Pflänzchen frisch emporwachsen. Wenn ich groß bin, kaufe ich mir einen Garten. Dann bringe ich

Sonntags der Mutter ein schönes Blumensträußchen und dem Vater und dem Schwesterchen süße Kirschen.

A. Lüben.

16. Die Kirsche.

1. Im niedlichen Gärtchen Blandinens stand
Ein Bäumchen, gepflanzt von ihrer Hand.
Am lieblichen Bäumlein im ersten Jahr
Ein einziges Kirschlein zu sehen war;
Doch glänzte das Kirschlein so rot wie Glut
Und schien von Geschmacke gar süß und gut.

2. Blandine mit lächelndem Angesicht
Die rötliche Kirsche vom Bäumlein bricht
Und eilt mit der Kirsche der Mutter zu:
„Da, beste der Mütter, da, nimm sie du!"
Die Mutter, sich weigernd, die Kirsche nimmt,
Ihr freundliches Auge in Thränen schwimmt.

3. Die Kirsche seit Jahren vergessen schien,
Da wandelt Blandine zum Garten hin.

Im prächtigen Garten, auf weitem Raum,
Erhebt sich ein prangender Kirschenbaum;
Und zwischen der schattigen Blätter Grün
Wohl tausend der herrlichsten Kirschen blühn.

4. Die Mutter Blandinen nun sanft umschließt
Und freundlich ihr Wangen und Lippen küßt.
„Sieh, Tochter," so spricht sie, „der Baum ist dein,
Ihn trug jener einzigen Kirsche Stein.
Auf dem, was ein Kind seinen Eltern thut,
Der reichlichste Segen des Himmels ruht."

Chr. von Schmid.

17. Das Pferd.

Das Pferd ist ein schönes und stolzes Tier. Wenn es die Kutsche zieht oder den Reiter trägt, so biegt es den Hals, wie ein Schwan, und hebt die Füße, als schickte es sich zum Tanze an. Bei guter Pflege ist sein Haar glatt und glänzend, sein Schweif lang und seine Mähne schwach gekräuselt. Die Hufe werden mit Eisen belegt, wenn ein Pferd viel auf steinigen Wegen oder im Winter auf glatt gefrorenen Straßen gehen muß.

Hafer, Klee und Heu ist die gewöhnliche und liebste Nahrung des Pferdes. Soll ein Pferd ziehen, so wird es angeschirrt. Eine lange Leine oder zwei lange Lederriemen dienen zum Lenken. Der Fuhrmann treibt die Pferde teils mit Worten, teils mit der Peitsche an.

Sie lernen den Befehl sehr bald verstehen. Verständige Fuhrleute laden einem Pferde nicht mehr auf, als es ziehen kann, fahren nicht zu schnell, und mißhandeln es nie mit der Peitsche oder gar mit dem Peitschenstocke. Ein Tier fühlt den Schmerz so gut, wie der Mensch. Kinder müssen sich von Pferden fern halten, da sie bisweilen schlagen und beißen, wie mancher Knabe schmerzlich schon empfunden hat.
A. Lüben.

18. **Was ein Reitersmann haben muß.**

Ein Reitersmann muß haben
Ein Pferdchen, um zu traben,
Den Bügel, aufzusteigen,
Den Zügel, auszuweichen,
Den Sattel, festzusitzen,
Die Sporen, um zu wecken,
Den Helm, das Haupt zu decken,
Die Lanze, um zu spießen,
Pistolen, um zu schießen,
Den Säbel an der Seiten,
Dann kann er lustig reiten.

19. **Die Kuh.**

Die Kuh ist nicht so schön wie das Pferd. Ihr Rumpf ist dick und plump, ihr Kopf hat eine sehr breite Stirn, abstehende Ohren, etwas trübe Augen und ein großes Maul; ihre Füße sind weniger zierlich, und ihr Schwanz ist ganz so gebildet, wie bei dem bekannten Graurock, der selbst von seinem

nächsten Verwandten, dem Pferde, oft über die Achsel
angesehen wird. Aber darum verachten wir natürlich die
Kuh eben so wenig, wie etwa einen Menschen, der ein
häßliches Gesicht, oder vielleicht gar einen gebrechlichen
Körper hat. Wissen wir doch alle, daß sie ein sehr
nützliches Tier ist. Brot und Kartoffeln schmecken
mit Butter weit besser, als ohne dieselbe, was sogar
unser Spitz weiß; und Kaffee ohne Milch behagt nur
wenigen. Auch soll der Festkuchen, wie die Mutter sagt,
viel besser schmecken, wenn man Butter und fette Kuh=
milch zwischen das Mehl thut. Kalbsbraten können nicht
alle Leute bezahlen; aber wohlschmeckend wird er
deswegen doch von jedermann gefunden. Aus der
Haut der Kühe und Kälber verfertigt man Leder, damit
wir nicht nötig haben, barfuß zu gehen, wie die Gänse.
Wozu benutzt man die Hörner der Kuh?

A. Lüben.

20.

Kuh, die weiße Milch uns giebt,
Bist ja heute so sehr betrübt;
Sprangst auf der grünen Wiese doch
Gestern so froh mit dem Kälbchen noch;
Heute sprichst du kläglich: Muh, muh!
Sag', was fehlt dir, liebe Kuh?

Ach, der Fleischer ist früh gekommen,
Hat mir mein buntes Kälbchen genommen,
Hetzte die bösen Hunde ihm nach,
Gab ihm gar manchen harten Schlag.
Kind darf froh bei den Eltern sein,
Fleischer macht tot das Kälbchen mein.

Hev.

21. Das Schaf.

Vom Schaf sagt man allgemein, es sei dumm, und das mag auch wohl wahr sein. Denn wenn z. B. bei Feuersgefahr eins aus Verzweiflung mitten in die Flamme hinein läuft, so folgen ihm die andern alle. Eben so springen sie ins Wasser, wenn der Schäfer den Leithammel hinein wirft. Da wir aber von der Klugheit des Schafes keinen Nutzen ziehen wollen, so sind wir ganz zufrieden, wenn es feine Wolle zu Strümpfen und Tuch liefert, Talg zu Seife und Lichten, Leder zu Schuhen und Handschuhen, Saiten zu Violinen und dem großen Brummbasse und endlich schmackhaften Braten. Und das alles giebt uns das Schaf reichlich, weshalb man es auch seit den ältesten Zeiten zum Haustiere gemacht hat. Die Bibel erzählt, daß Abel, der fromme Sohn des ersten Elternpaares, ein Schäfer gewesen sei.

Junge Schäfchen springen so lustig umher, wie Kinder; alte haben dagegen einen bedächtigen Gang und sehen immer ernst aus.

A. Lüben.

22. Das Lamm.

Lämmchen, was schreist du so kläglich dort?
L.: „Meine liebe Mutter ist fort."
Fürchtest du dich, daß in der Zeit irgend jemand dir thu' ein Leid?
L.: „Fürchten? ich wüßte nicht was; ach nein! möchte nur gern bei der Mutter sein."
Und wie die Mutter hörte das Schrein, kam sie

sogleich aus dem Garten herein, rief es nur einmal mit sanftem Ton, siehe, da hört es das Lämmchen schon, läuft so geschwind es laufen kann, drängt sich dicht an die Mutter an.

Hey.

23. Der Hund.

Das Pferd nützt uns durch seine Körperkraft, die Kuh durch ihre Milch, das Schaf durch seine Wolle, der Hund aber durch seine Klugheit. Klugheit ist mehr wert, als Wolle und Milch. Darum genießt der Hund auch die Ehre, den Menschen begleiten und mit ihm in demselben Zimmer sein zu dürfen. Diese Auszeichnung vergilt er durch wichtige Dienste und standhafte Treue. Der Hofhund läuft während der Nacht unermüdlich im Hofe umher, daß kein Dieb sich einschleichen kann. Der Schäferhund bewacht vom Morgen bis zum Abend die Herde, und der Jagdhund holt das geschossene Wild selbst aus dem Wasser und bringt es freudig seinem Herrn. Und für alle diese Dienste verlangt der Hund nichts weiter, als einige Reste von unserer Mahlzeit und eine liebevolle Behandlung. Redet man den Hund freundlich an und streichelt ihn, so springt er freudig an uns empor, liebkoset uns und leckt uns die Hand. Zeigt man ihm dagegen ein unfreundliches Gesicht, oder schilt man ihn gar, so läuft er furchtsam aus dem Wege, duckt sich nieder und sucht sich zu verbergen. Fremde Hunde darf man nicht anfassen; denn der Biß eines Hundes kann oft sehr gefährlich werden.

A. Lüben.

24. Dieb und Hund.

Dieb: Still, Hündchen, still und sei gescheit, bell' nicht! ich thu' dir ja kein Leid, will dir eine schöne Bratwurst geben.

Hund: Mit nichten, darum bell' ich eben. Ich seh's, du willst nur stehlen hier, darum thust du so schön mit mir.

Der Hund, der treue, bellte mit Macht; das hörte man weit hin durch die Nacht; es erwachten die Leute im Hause drinnen. Da schlich sich der böse Dieb von hinnen und fürchtete sich und kam nicht wieder; still legte der gute Hund sich nieder. Hey.

25. Die Katze.

Katzen und Hunde vertragen sich selten mit einander. Der Hund ist gewöhnlich der Anstifter des Streites, muß aber dafür auch manche Ohrfeige einstecken. Zieht man aber einen jungen Hund mit einer jungen Katze zugleich auf, so vertragen sie sich oft besser, als Geschwister.

Am Tage schleicht die Katze gewöhnlich träge umher; abends ist sie dagegen sehr munter und sieht sich mit ihren großen leuchtenden Augen überall nach Mäusen um. Hat sie eine ins Loch schlüpfen sehen, so legt sie sich vor dasselbe, hält die Vorderfüße zum Sprunge bereit und wartet geduldig so lange, bis sie wieder zum Vorschein kommt, springt dann mit einem Satze auf sie los, ergreift sie mit ihren scharfen Krallen und drückt ihr die spitzigen Eckzähne in den Leib. Das arme Mäuschen zappelt gewaltig und quiekt nach Kräften, kommt aber doch nicht los, muß sich vielmehr gefallen lassen, daß ihr Mörder sie noch eine Weile als Spielzeug benutzt, hin und her und in die Höhe wirft, scheinbar entwischen läßt, um sie von neuem fangen und nach und nach zu Tode quälen zu können. Das ist recht grausam und zeigt von großer Mordlust. Kleine Knaben machen es bisweilen eben so mit Maikäfern und Fliegen, werden's aber nun nicht wieder thun.   A. Lüben.

26. Kind und Kätzchen.

Kind: Miezchen, warum wäschst du dich alle halbe Stunden? sprich!

Miezchen: Weil es gar zu häßlich steht, wenn man nicht recht sauber geht: Köpfchen, Pfötchen, alles rein, anders darf's bei mir nicht sein.

Unser Miezchen, hört' ich dann, stand in Ehren bei jedermann; sie ließen es gern in die Stube kommen und haben's wohl gar auf den Schoß genommen. Ich denke, das Waschen und das Putzen hat ihm gebracht so großen Nutzen.   Hey.

27. Die Maus.

Hund und Katze hat der Mensch zu sich ins Haus genommen, das Mäuschen aber hat sich ohne Einladung von selber eingefunden. Es wäre auch eine ganz niedliche Gesellschafterin, wenn sie nur nicht den langen kahlen Ringelschwanz hätte und nicht gar so viel an Butter, Käse, Speck, Kuchen und Brot umher naschte. Kleine Mädchen fürchten sich freilich vor einem Mäuschen oft mehr, als vor einem Löwen. Aber das Mäuschen thut keinem Menschen etwas zu Leide und ist noch furchtsamer als ein Hase. Ein leiser Tritt auf den Fußboden erschreckt sie so heftig, daß sie die schönsten Leckerbissen liegen läßt und über Hals und Kopf ihrem Loche zueilt.

Die Katze ist der größte Feind der Mäuse und sucht sie daher ohne Geheiß überall auf, auf dem Boden, im Keller, in Scheunen und Ställen.   A. Lüben.

28. Mäuschen.

Frau: Mäuschen, was schleppst du dort mir das Stück Zucker fort?

Mäuschen: Liebe Frau, ach vergieb! habe vier Kinder lieb, waren so hungrig noch. Gute Frau, laß mir's doch!

Da lachte die Frau in ihrem Sinn und sagte: Nun, Mäuschen, so lauf nur hin! Ich wollte ja meinem Kinde soeben auch etwas für den Hunger geben. Das Mäuschen lief fort, o wie geschwind! Die Frau ging fröhlich zu ihrem Kind.

Hey.

29. Die Gans.

Ach, seht doch einmal die niedlichen gelben Dingerchen dort an! Sind denn das etwa junge Gänschen? Es muß wohl so sein; denn die alte Gans nimmt sich ja ihrer mit so großer Besorgnis an, als wären es ihre Kinder. Man sollte gar nicht denken, daß aus so einem kleinen Tierchen ein so großer Vogel mit langen Flügeln werden könnte. Wenn man's freilich recht überdenkt, so braucht man sich darüber nicht so sehr zu verwundern. Mein

Vater hat mir gesagt, die größte Eiche im Walde sei einmal so klein gewesen, wie mein kleiner Finger, oder gar noch kleiner. Ich gedenke ja auch noch viel größer zu werden.

Wenn viele Gänse beisammen sind, so schnattern sie fortwährend. Das Schnattern ist ihre Sprache. Hat sich eine Gans weit vom Haufen entfernt, so schreit sie laut und ängstlich, bis sie Antwort erhält und ihre Kameraden wieder sieht. Kommt sie dann näher, so strecken ihr alle die Köpfe entgegen und begrüßen sie recht herzlich.

Gänseriche vertragen sich so wenig mit einander wie Hähne. Der Stärkere beißt so lange auf den Schwächern los, bis dieser sich fern hält. Die Gänse begeben sich darauf in den Schutz des Siegers. A. Lüben.

30. Gänschen.

Gänschen, ein armes Kind bist du. Sprich, warum hast du nicht Strumpf und Schuh?

Gänschen: Freilich, die könntest du mir wohl schenken; aber da kommt mir ein Bedenken; wenn ich damit nun ins Wasser ginge, würden nicht naß die schönen Dinge?

Ihm mochte der Bach viel lieber sein; mit bedächtigem Schritt trat's mitten hinein; bald ist's geschwommen und bald gegangen und hatte weiter gar kein Verlangen. Es blieb darin stehen Tag und Nacht, hat nicht an Schuhe und Strümpfe gedacht. Hey.

31. Knabe und Ente.

Knabe: Ente, du gute, nun sag' einmal, wie groß ist deiner Jungen Zahl?

Ente: Hab' leider nicht recht gelernt zu zählen;

doch denke nur nicht, du willst mir eins stehlen. Gar sorgsam geb' ich auf alle acht, weil jedes mir große Freude macht.

Und sie ruft sie herbei geschwind, da kommen sie alle, so viel ihrer sind. Sie schauet recht mit frohem Sinn auf die lieben kleinen Dinger hin; ins tiefste Wasser schwammen sie fort; der Knabe saß lang' am Ufer dort.

Hey.

32. Die Hühner.

Die Hühner gefallen mir eigentlich noch besser, als die Gänse und Enten. Sie laufen so munter auf dem Hofe umher und sehen in ihren weißen schwarzen, rötlichen und bunten Federkleidern, ihren Hauben und Kämmen gar niedlich aus. Am schmuckesten von allen ist der Hahn. Seine Federn schillern in den schönsten Farben, sein Kamm ist groß, seine Kehllappen hängen herunter, wie ein langer roter Bart, seine Schwanzfedern sind sichelförmig, und an den Füßen hat er einen Sporn, wie ein Ritter. Er schreitet stolz einher, ruft die Hühner, wenn er etwas zu fressen findet, beißt sie aber auch weg, wenn sie zu viel davon nehmen. Ist er satt, so stellt er sich auf den Misthaufen, schlägt mit den Flügeln, krümmt den Hals und ruft laut: Kikeriki. Mehrere Hähne vertragen sich nicht auf einem Hofe; selbst die Jungen, welche noch von der Mutter geführt werden, kämpfen schon heftig miteinander. Noch ehe die Sonne untergeht, begiebt sich das Hühnervolk zu Bette, erwacht aber dafür auch mit Tagesanbruch. Der Hahn ruft dann in seiner Sprache der Hausfrau zu:

Morgenstund' hat Gold im Mund!

A. Lüben.

33. Das Huhn.

1. Arm Hühnchen ist so klein und schwach, die an-

bern necken's den ganzen Tag, lassen es nie zum Futter heran; da nimmt ein Mädchen sich seiner an, giebt ihm manch Krümchen auf ihrem Schoß, bald wird's nun zahm und schön und groß.

2. Doch einmal das Huhn nicht fressen will, sitzt in der Ecke mäuschenstill, und wie das Kind in die Ecke schaut, hat's Hühnchen sich da ein Nest gebaut, liegt ein schneeweißes Ei darin: Zum Dank, lieb Mädchen, nimm das hin!

34. Die Taube.

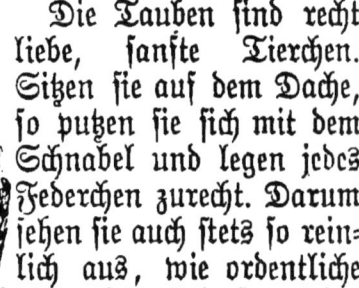

Die Tauben sind recht liebe, sanfte Tierchen. Sitzen sie auf dem Dache, so putzen sie sich mit dem Schnabel und legen jedes Federchen zurecht. Darum sehen sie auch stets so reinlich aus, wie ordentliche Kinder. Täuberich und Taube schnäbeln sich oft auf der Dachfirste und sind überhaupt sehr liebevoll gegen einander. Jedes Pärchen besitzt ein Nest. Die Taube legt zwei weiße Eier in dasselbe. Beim Brüten wechseln beide mit einander ab. Die jungen Täubchen sind ganz nackt und hilflos; aber sie werden von ihren Eltern erwärmt und gefüttert, bis sie sich selber helfen können. Gar manches wird aber geschlachtet und gebraten, ehe es zum Ausfliegen kommt. Haben sie recht schöne Federn, so läßt man sie am Leben.

Zur Saatzeit muß man die Tauben einsperren, weil sie sonst viel Schaden anrichten. Während der Ernte kann man ihnen aber wohl einen Ausflug auf das Feld gönnen, da sie dort ja nur nehmen, was liegen geblieben ist. Im Winter werden sie gefüttert. Der Hausherr stellt sich auf den Hof und pfeift. Dann kommen alle vom Schlage und vom Dache, lassen sich ohne Furcht vor ihm nieder und fallen begierig über die hingestreuten Erbsen und Wicken her. Alles pickt und drängt sich, um nicht zu kurz zu kommen. Das übrige Hofgeflügel und die Spatzen kommen auch herzu, werden aber fortgejagt, da für sie die Hausfrau Kartoffeln, Mohrrüben, Brot und dergleichen bringt.   A. Lüben.

35. Der Strohmann.

Ein Bauer hatte einen gar schönen Weizenacker; die Ähren waren voll Körner, und die Körner waren voll Mehl, und sie waren beinahe reif. Da kamen die bösen Spatzen und fielen ihm in seinen Weizen und fraßen die halbreifen Körner, und wenn sie es so fortgetrieben hätten, so hätte der Mann gar nichts bekommen. Da ging er des Morgens in aller Frühe hinaus, um die Spitzbuben zu schießen; allein als er hinkam, waren sie schon da gewesen; denn die Spatzen stehen noch früher auf, als die Bauern. Sie hatten ihm schon wieder ein Stück Weizen ausgefressen und saßen nun auf des Nachbars Kirschbaum und naschten Kirschen und lärmten, als ob sie sich über ihre Spitzbübereien freuten. Der Bauer kratzte sich hinter den Ohren und besann sich, was er thun sollte; denn seinen guten Weizen wollte er ihnen doch nicht lassen. Auf einmal fiel ihm ein Mittel ein. Als er nach Hause kam, nahm er einen Stock, so groß wie ein Mensch, wickelte Stroh darum, bis er dick genug war, und machte ihm zwei Arme, zog ihm dann seinen alten Rock an, setzte ihm seinen alten Hut auf und gab ihm eine große Peitsche in die Hand. Als die Spatzen schlafen gegangen waren, nahm er dies Ungetüm, trug es hinaus und stellte es mitten in seinen Weizenacker, gerade, als wenn es ein lebendiger Mann wäre. Den andern Morgen, sobald die Spatzen aufwachten, flogen sie eiligst nach dem Acker, wo sie es sich gut schmecken lassen wollten; aber als sie hinkamen, siehe da, da stand schon der Bauer in seinem alten Rocke und in seinem alten Hute und drohete mit der Peitsche. Da es so gefährlich aussah, getrauten sie sich nicht herbeizufliegen, sondern lauerten in der Nachbarschaft, ob denn der Peitschenmann gar nicht nach Hause gehen würde. Aber er ging nicht, sie mochten warten, so lange sie wollten. Endlich flogen die Herren Spatzen mit hungrigem Magen nach Hause und kamen nie wieder auf den Acker des Bauern. Curtman.

36. Das Bienchen.

1. Das kleine Bienelein fliegt immer fleißig hin und her, als ob es niemals müde wär', und trägt den Honig ein.

2. Wer hat's ihm denn gesagt, wo's überall ihn finden kann, für sich und dich und jedermann, daß es gar niemals fragt?

3. Das thut ja Gott allein. Der legt ihn in die Blumen hin, da findet ihn das Bienchen drin und trägt ihn fröhlich ein.

37. Der Bauer und die Biene.

„Ihr Bienen, nichts für ungut genommen, ich muß bei Euch zu Gaste kommen, hab' keinen Zucker in meinem Haus, drum bitt' ich ein wenig Honig mir aus."

Die Bienen sprachen in ihrem Zelt: „Der Mensch ist einmal der Herr der Welt! Auch er hat uns manches zu gute gehalten, ließ frei in seinem Feld uns schalten, die duftende Linde gab er uns preis und Ros' und Aurikel im weiten Kreis; auch hat er gezimmert uns Haus und Herd und weder Kaufgeld, noch Miete begehrt; drum nehm' er sich heute, was ihm gefällt, unsere Küche ist noch gut bestellt."

Da schnitt der Bauer den Honig aus, schon harrten die lüsternen Kinder im Haus. O, wie das Brötchen so herrlich schmeckt, mit schönem, goldenem Honig bedeckt!

38. Das Bergwerk.

Karl: Mutter, ich habe meinen Zweier dem Bergmann gegeben!

Mutter: Ei, das glaube ich wohl. Hast du denn aber auch etwas Hübsches dafür gesehen?

Karl: Ach ja, Mütterchen, das war recht hübsch, was uns der Mann zeigte. In einem großen Kasten hatte er ein Bergwerk dargestellt. Es war einem wirklichen Bergwerke nachgemacht. Zwischen den Steinen sahe man überall Erze, besonders Eisen-, Kupfer- und Bleierze. In langen, schmalen Gängen standen überall kleine schwarze Bergleute aus Holz, die mit einem großen Hammer das Metall abschlugen. Andere schafften es auf Schiebkarren nach einem Orte hin, von wo aus es in die Höhe gewunden wurde. Alle Bergleute hatten an der Brust oder am Hute eine Lampe. Denn in der Erde, liebe Mutter, da ist es stockfinster, wie in unserm Keller. Der Bergmann hat es gesagt, und der ist selber darin gewesen.

Mutter: Hat er euch denn etwas von den Metallen erzählt?

Karl: O ja! Er hatte große Stücke bei sich und

zeigte sie uns. Ein Stück war recht schwer und sah wie Blei aus, glänzte aber sehr schön; darum nannte er es auch Bleiglanz. Denke dir nun aber, dazwischen steckte auch Silber. Aber man konnte das Silber nicht sehen. Der Bergmann sagte, es wäre so mit dem Blei vermischt, wie der Zucker mit dem Kaffee, wenn er darin aufgelöst ist. Wenn man das Silber allein haben will, so muß man den Bleiglanz erst rösten und schmelzen. Eisensteine hat er uns auch gezeigt. Sie sehen beinahe wie Eisen aus, sind aber nicht so schwer. In manchen Gegenden bestehen große Berge bloß aus Eisenerz. Aber man braucht ja auch viel Eisen. Ich habe auch ein Erzstück gesehen, in welchem Kupfer war. Das Kupfer sah aber gar nicht so rot aus, wie an unserm großen Kessel, sondern gelb wie Messing. Der Bergmann meinte, diese Farbe rühre von dem Schwefel her, welcher dazwischen sei.

Mutter: Ich freue mich, daß du alles so hübsch behalten hast.

Karl: Unser Herr Lehrer will uns in der andern Woche noch mehr von den Metallen erzählen und uns auch hübsche Steine zeigen. Mutter, ich mache mir auch eine Steinsammlung.

Mutter. Thue das! Die Steine sehen recht hübsch aus.
A. Lüben.

39. Das Salz.

Das Salz holen wir vom Kaufmann, der Kaufmann aber kauft es in den Salzsiedereien. Dort gewinnt man es aus Wasser, aber nicht aus gewöhnlichem Wasser, sondern aus solchem, in dem Salz aufgelöst ist. Das Salz befindet sich nämlich in der Erde und ist dort fest, wie ein Stein. Man nennt es darum auch Steinsalz. Fließt nun über das Steinsalz Wasser hin, so wird etwas davon aufgelöst. Solches Wasser schmeckt sehr salzig; die Bergleute nennen es Sole. In den Salzsiedereien läßt man das Wasser der Sole durch die Luft und durch Feuer verdunsten und bekommt dann das Salz. Es sieht schön weiß aus und macht die Speisen schmackhaft.
A. Lüben.

40. Der Himmel.

Den Himmel sehen wir allenthalben über uns; auf den Bergen sieht er noch eben so hoch und eben so blau aus, wie in den Thälern. Niemand kann in den Himmel hinein steigen, kein Vogel kann hinein fliegen. Sehr oft ist der Himmel mit Wolken bedeckt; ganz heiter, so daß auch kein Streifchen daran wäre, ist er selten. Am Tage können wir außer den Wolken nur Sonne und Mond an dem Himmel unterscheiden, bei Nacht auch die Sterne.

Curtman.

41. Die Sonne.

1. Die Sonne erscheint uns als eine runde Scheibe. Sie glänzt so stark, daß man nicht hinein schauen kann. Von der Sonnenscheibe gehen viele helle Strahlen aus. Wo diese hinfallen, da ist Sonnenschein oder Licht, wo sie nicht hingelangen können, da ist es dunkel.

Im Sonnenschein kann man alles deutlich erkennen. Darum verrichten wir auch am Tage unsere Arbeiten und schlafen in der Nacht.

Die Sonne geht des Morgens am Rande des Himmels auf, erhebt sich dann bis hoch über die Häuser, sinkt hernach wieder und geht an dem entgegengesetzten Rande des Himmels wieder unter. Die Gegend, wo die Sonne aufgeht, heißt Morgen, die, wo sie untergeht, Abend. Sehen wir um 12 Uhr nach der Sonne hin, so ist unser Gesicht nach Mittag gekehrt, unser Rücken dagegen nach Mitternacht.

Wenn die Sonne untergeht, so färbt sie die Wolken schön rot oder gelblich. Dies nennt man das Abendrot. Das Morgenrot sieht eben so schön aus; aber die Langschläfer bekommen es nicht zu sehen.

„Goldne Abendsonne,
Wie bist du so schön!
Nie kann ohne Wonne
Deinen Glanz ich sehn."

Nach Sonnenuntergang entsteht die Dämmerung. In der Dämmerung kann man nicht gut sehen. Wer in der Dämmerung liest, schreibt oder nähet, verdirbt sich die Augen. Die Fledermäuse und manche Schmetterlinge fliegen nur in der Dämmerung umher. A. Lüben.

2. Wie die Mutter bei ihren Kindern steht, so die Sonne am Himmel früh und spät. Ihre Kinder sind Blumen und Menschen und Tier und was nur lebt auf Erden hier; die wärmt und pflegt sie und sieht sie an und sich nicht satt daran sehen kann.

42. Der Mond.

Wenn es völlig Nacht geworden ist, erscheinen die Sterne am Himmel, zuweilen auch der Mond. Dieser macht es gerade wie die Sonne; er geht im Osten auf, steigt dann nach Süden in die Höhe und geht im Westen wieder unter. Sein Schein ist aber viel matter, als der Sonnenschein; man kann dabei nicht lesen und sieht auch nicht in die Ferne. Auch ist der Mond nicht immer rund, sondern bisweilen nur halbrund, ja manchmal so schmal wie eine Sichel. Wenn es Vollmond ist, könnt ihr ihn am besten betrachten. Vielleicht seht ihr dann auch ein Männchen darin mit einer Last Holz auf dem Rücken. Auch der Mond kann von den Wolken verdeckt werden; dann glänzt bisweilen der Rand der Wolken wie Schnee. Curtman.

43. Die Sterne.

1. Die Sterne sehen aus, wie große Funken, aber sie bewegen sich nicht so schnell. Einige leuchten viel stärker, als die übrigen; die kleinsten kann man nur bei ganz klarem Himmel, und wenn es sonst ganz dunkel ist, sehen. Es ist gar schön, daß der liebe Gott die finstere Nacht durch die Sterne erleuchtet hat. Fromme Leute betrachten gern den gestirnten Himmel und denken dabei an Gott, der alles geschaffen hat. Zählen kann man die

Sterne nicht, weil ihrer zu viele sind, und weil sie auch nicht in Reihen stehen. Es giebt aber doch Männer, welche jeden Stern kennen und wissen, an welchem Platze des Himmels er steht. Auch Kinder kennen wohl schon den Abendstern, welcher nicht weit von der untergegangenen Sonne zu sehen ist. Curtman.

2. Wenn die Sterne so hell am Himmel stehen, das ist, als ob die Engel herunter sehen und merken auf uns und meinen es gut und freuen sich, daß alles schläft und ruht.

44. Wolken und Regen.

An einem heitern Sommertage ist der Himmel schön blau. Einige Tage nachher zeigen sich aber kleine weiße Wölkchen, die wie Schäfchen aussehen. Bald darauf erscheinen dicke schwarze Wolken, die wie hohe Berge gestaltet sind. Sie überziehen nach und nach den ganzen Himmel, so daß man die Sonne gar nicht mehr sehen kann; endlich fängt es an zu regnen, was für die Gänse und Enten eine große Lust ist. Sie benutzen diese schöne Gelegenheit und halten sogleich große Wäsche. Manche Knaben freuen sich auch, wenn ihnen der warme Regen auf den Kopf fällt und am Haar wieder herab träufelt. Aber die Mutter hat darüber keine sonderliche Freude; denn die Kleider werden daneben auch naß. Daher ist es besser, die Kinder bleiben beim Regen in der Stube.

Mehr noch, als die Gänse und Enten und die Knaben, freuen sich die Blumen und die Saatfelder und die Bäume über den Regen. Denn der Regen ist für sie Speise und Trank. Ist einmal der Regen lange ausgeblieben, so senken alle ihr Köpfchen und lassen die Arme schlaff am Leibe herab hangen. Nach einem frischen Regen sehen sie aber so kräftig und mutig aus, wie ein Büblein auf dem Spielplatze, oder ein lustiges Fohlen auf schöner Weide. Ohne Regen gäbe es weder Brot, noch Kuchen, und auch keine Äpfel und Birnen und keine Erdbeeren.

A. Lüben.

45. Der Regenbogen.

Wenn's mit einem Regen bald zu Ende geht, sieht man auch zuweilen einen prächtigen Regenbogen. Man kann ihn zwar nicht essen und auch keine Kleider für die kleinen Mädchen daraus machen; aber man freut sich darüber nicht weniger, als über schöne Kleider und wohlschmeckende Speisen, besonders wenn man dabei an den lieben Gott denkt, der Regen und Regenbogen gemacht hat.
A. Lüben.

46. Das Gewitter.

Manchmal blitzt und donnert es auch bei einem Regen gewaltig. Das nennt man ein Gewitter. Der Blitz tötet zuweilen auch einen Menschen oder zündet ein Haus oder einen Kirchturm an. Darum fürchten sich viele so gewaltig vor einem Gewitter, daß sie vor Angst am ganzen Körper zittern und sich die Augen zuhalten, wenn es blitzt. Das ist aber gar nicht nötig. Denn erstens sieht der Blitz sehr schön aus, wenn er wie eine feurige Schlange im Zickzack durch die Luft hinfährt, und zweitens trifft er doch nur sehr selten einen Menschen oder ein Gebäude. Außerdem sind aber auch die Gewitter sehr nützlich. Menschen, Tiere und Pflanzen fühlen sich nach einem Gewitter viel wohler, als vorher.

Unter einen Baum darf man sich bei einem Gewitter nicht stellen; denn der Blitz fährt zuweilen daran herunter und könnte uns dann leicht treffen.
A. Lüben.

47. Der Wind.

Ich bin der Wind und komm' geschwind; ich wehe durch den Wald, daß weit es wiederhallt. Bald säus'le ich gelind und bin ein sanftes Kind, bald brauf' ich wie ein Mann, den niemand fesseln kann. Schließt Thür und Fenster zu, sonst habt ihr keine Ruh'; ich bin der Wind und komm' geschwind.

48. Der Schnee.

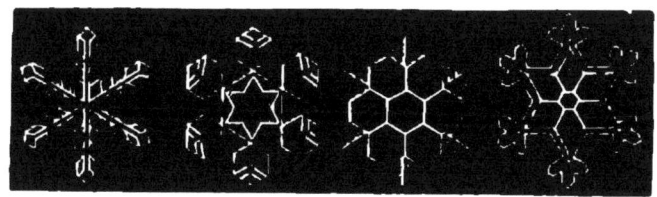

Schneeflocken.

Im Winter sieht's zuweilen aus, als fiele Baumwolle vom Himmel, oder als mache dort oben jemand sein Bett und ließe dabei die Federn tüchtig umher fliegen. Das ist der Schnee. Herr Frost, der in den Wolken wohnt, macht ihn aus Regentropfen und wirft ihn auf die Erde herab, damit die Pflanzen, besonders die Wintersaat, sich damit zudecken und gegen die grimmige Winterkälte schützen können.

„Singt Gottes Lob im Winter auch,
Er ist so treu und gut;
Er nimmt vor Frost und Sturmeshauch
Die Saat in seine Hut."

„Er deckt sie mit dem Schnee so dicht,
So weich und sicher zu;
Sie merkt den harten Winter nicht
Und schläft in stiller Ruh." Hey.

Wir Kinder freuen uns über den ersten Schnee beinahe mehr, als über das erste Veilchen. Denn nun beginnt ja die Lust des Schlittenfahrens und des Schlittschuhlaufens. Noch besser als beides ist es aber, wenn man sich mit Schneebällen werfen und einen großen Schneemann machen kann. Mein Bruder hatte einmal einen gebaut, der war so groß, daß er eine kleine Leiter anlegen mußte, als er ihm ein Paar Kartoffelaugen und eine Nase einsetzen wollte. Statt des Säbels gab er ihm eine lange Bohnenstange in den Arm und forderte ihn dann auf, sich zu wehren, wenn er von der umstehenden Knabenschar angegriffen würde. Aber:

Schneemann war ein armer Wicht,
Hatte einen Stock und wehrte sich nicht.
Nach einiger Zeit trat Tauwetter ein. Da schmolz der Schneemann so zusammen, daß zuletzt nichts weiter von ihm übrig blieb, als ein wenig Wasser.

A. Lüben.

49. Das Eis.

Wenn die Menschen eine Brücke über einen Fluß haben wollen, so bauen sie daran manchmal länger als ein Jahr. Der liebe Gott kann das schneller. Es ist schon vorgekommen, daß er alle Gewässer in ganz Deutschland und in Rußland dazu in einer einzigen Winternacht mit festen Brücken bedeckt hat. Er nahm Eis, statt Holz, und die Brücken waren fertig und so blank und glatt, als wären sie vom Tischler gehobelt worden.

Wir Kinder haben das Eis recht gern; denn wir können mit und ohne Schlittschuh so schnell darauf hingleiten, wie ein Wagen auf der Eisenbahn. Zuweilen fällt man freilich tüchtig darauf hin; aber das schadet nicht viel, man zerbricht dabei nicht leicht etwas. Schlimmer läuft es dagegen manchmal ab, wenn das Eis unter uns bricht und wir ins Wasser fallen. Ist dann nicht gleich ein Erwachsener in der Nähe, so kommt man leicht unter das Eis und ertrinkt auf eine jämmerliche Art. So gern ich auch schlittere und Schlittschuh laufe, so werde ich doch nicht eher auf das Eis gehen, als bis es ganz fest und dick gefroren ist.

A. Lüben.

50. Der Landmann.

Der Landmann mag wohl streuen
Den Samen auf das Land;
Doch Wachstum und Gedeihen,
Das kommt aus Gottes Hand.
Der sendet Tau und Regen
Und Sonn- und Mondenschein;

Der giebt zur Saat den Segen;
Ohne Gott kann nichts gedeihn.
                          Nach M. Claudius.

51. Der Wagen.

Jahraus jahrein braucht der Landmann neben Pflug und Egge auch einen Wagen, namentlich aber während der Ernte. Da spannt er seine Pferde vorn an die lange Stange, die Deichsel, setzt sich auf den Futtersack im Wagen, ergreift das Leitseil und hi, ho! geht die Reise vorwärts. Will der Landmann Getreide einfahren, so stellt er auf jede Seite seines Wagens eine große Leiter; will er aber Rübsen oder andere leicht ausfallende Feldfrüchte laden, so bedarf er statt der Leitern dicht anschließende Bretter, über welche noch eine Plane gelegt wird. Sehr schnell geht es mit dem Ackerwagen freilich nicht; denn er ist schwer und plump gebaut. Ich kenne einen Wagen, der noch schwerer und größer ist. Seine Radfelgen sind beinahe einen halben Fuß breit. Wenn er seine volle Ladung hat, so müssen meist sechs Pferde vorgespannt werden. Dieser Wagen fährt aber nicht auf das Feld, sondern auf schön geebneter Kunststraße weit über Land. Was ist das für ein Wagen?

Will man recht schnell vorwärts kommen, so setzt man sich in ein leichtes zweiräderiges, offenes Fuhrwerk, oder in die bequemere, vierräderige, bedeckte Kutsche; und wem das noch zu langsam geht, der benutzt die sechs=räderigen Wagen, die auf glatter Eisenbahn durch die Kraft des Dampfes so schnell fortbewegt werden, daß Wiesen und Felder und Ortschaften wie ein Traum vorüberzufliegen scheinen. C. Nacke.

52. Der Jäger.

Mein Onkel ist ein Jäger, hat ein Ge=wehr und einen Jagdran=zen, und sein Hund läuft vor ihm her. Der Onkel sagte ein=mal: "Ich muß in den Wald gehen und auf die Füchse achtgeben, daß sie mir die jungen Häschen nicht fressen; willst du mit mir gehen?" Ich war es gern zufrieden und sprang mit dem Hunde voran bis an den Wald. „Nun mußt du hinter mich gehen," sagte mein Onkel, „denn wenn die Füchse kommen, will ich schießen." Da nahm er sein Gewehr von der Schulter, öffnete hinten die beiden Flintenläufe, schob zwei Papierhülsen voll Pulver und Schrot hinein und sagte: „Nun still!" Er sprach kein Wort mehr, und ich und der Hund gingen ganz sachte hinter ihm drein. Auf einmal kam ein Häschen voll Angst aus dem Walde über das Feld gelaufen und ein großer Fuchs hinter ihm her; der war eben im Begriff, es zu erhaschen. Aber schnell hatte mein Onkel das Gewehr an den Backen gelegt; er zielte auf den Fuchs, und knall! lag der Fuchs da und war mausetot. Das Häschen war nicht getroffen, aber so erschrocken, daß wir es fangen konnten. Der Onkel steckte es lebendig in den Ranzen und setzte es zu Hause in den Stall. Dort brachte ich ihm alle Tage Gras und Klee, bis es groß ward.

Curtman.

53. Der Tischler.

Der Nachbar zu unserer Rechten ist ein Tischler, ein fleißiger Mann, der von früh morgens bis spät abends in seiner Werkstatt hobelt, hämmert und sägt. Er hat ein Büblein von sechs Jahren, das auch ein Tischler werden will, wenn es erst groß ist. Da hatte ihm der Vater zu Weihnachten eine große Freude gemacht. Denn als es am heiligen Abend in die erleuchtete Stube trat, siehe! da stand neben dem Christbäumchen eine ganz kleine Hobelbank mit dem niedlichsten Handwerkszeug. Da waren kleine Sägen, Hobel, Stemmeisen, Hämmer, Zangen, Bohrer, ein Leimtiegel, ein Maßstab, ja selbst ein Bleistift, wie ihn der Tischler braucht. Da hat sich das Büblein sogleich eine kleine Werkstatt eingerichtet, und

nun sägt, hobelt, stemmt, bohrt und hämmert es, daß es eine Art hat. Es hat schon einen kleinen Tisch, einen Stuhl, eine Bettsponde und einen Schrank verfertigt, und jetzt arbeitet es eben an einer Kommode mit drei Schubkasten.
C. Nacke.

54. Der Maurer und der Zimmermann.

Dem Nachbar zu unserer Linken ist es recht schlimm ergangen. Dem ist im vorigen Jahre sein Haus fast ganz niedergebrannt. Weil er aber selbst Maurer ist, so hat er die noch stehende Mauer vollends niedergerissen und ist jetzt dabei, sich ein neues schönes Haus zu bauen. Da hat er denn eine Menge Bausteine anfahren lassen, teils solche aus dem Steinbruche, die erst behauen werden müssen, teils gebrannte, sogenannte Backsteine. Auch Kalk, Gips und Sand sind in großer Menge herbeigeschafft worden. Er hat einen Füllmund gegraben und ausgemauert, einen Keller mit gewölbter Decke angelegt und die hohen Mauern nach dem Bleilote und der Setzwage aufgeführt. Dabei haben ihm rüstige Gesellen und flinke Handlanger geholfen.

Jetzt sind die Zimmerleute dabei, das Gebälk herzustellen und das Dach aufzurichten. Schon längst haben sie auf dem Zimmerplatze tannenes und eichenes Bauholz mit Axt, Beil, Meißel und Säge bearbeitet und es nach dem Bauplatze geschafft. Den ganzen Tag hört man sägen und hämmern, und in kurzer Zeit wird das Haus gerichtet werden. Dann prangt oben auf der Firste des Daches ein grüner, mit Tüchern und Bändern geschmückter Busch, und der Altgesell der Zimmerleute hält vom Dache herab eine Rede über den Bau des Hauses und trinkt ein Gläschen auf das Wohlsein des Bauherrn. Hernach bleibt dem Maurer immer noch übrig, das Dach zu decken und das Innere des Hauses wohnlich einzurichten. Das kann noch viele Wochen dauern.

C. Nacke.

55. Der Schmied.

1. Ich höre den Schmied;
Den Hammer er schwinget,
Das rauschet, das klinget,
Das bringt in die Weite
Wie Glockengeläute,
Durch Gassen und Platz.

2. Am schwarzen Kamin
Die Gesellen sich mühn;
Und geh' ich vorüber,
Die Bälge dann sausen,
Die Flammen aufbrausen,
Das Eisen zu glühn.

Nach Uhland.

56. Schneider und Schuhmacher.

Ist es mühselig, den ganzen Tag zu stehen und den schweren Hammer zu schwingen, wie es der Schmied thut, so ist es doch auch kein Spaß, immer und immer auf einem Flecke zu sitzen, wie der Schneider und der Schuhmacher. Die ganze Arbeitswoche hindurch stecken die in der Stube und dürfen nicht einmal durch die Fenster hinausschauen auf die Gasse; denn ihre Augen müssen stets auf die Arbeit gerichtet sein, zumal kurz vor einem Feste. Da sollen die Kinder neue Kleider und Schuhe haben, und Schneider und Schuhmacher müssen sich rühren. Sie nehmen den Kindern das Maß. Der Schneider kauft allerlei Zeuge, Futter, Seide, Zwirn, Knöpfe, Wachs zum Bestreichen der Fäden und andere Dinge. Dann schneidet er zu, paßt an, hantiert mit Nadel, Schere und Bügeleisen, und ehe der heilige Abend heranrückt, sind die Röcke, Hosen, Westen und Mäntel fix und fertig.

Der Schuhmacher aber bedarf des Leders, das der Gerber aus Tierhäuten zubereitet. Das Leder muß er zuschneiden, weich klopfen und dann die einzelnen Stücke mit Pechdraht an einander heften. Das ist keine leichte Arbeit, und es wäre dem Schuhmacher schon recht, wenn es noch kleine Wichtelmänner gäbe, wie früher. Das waren gar treffliche Männlein. Der Schuster brauchte bloß des Abends das Leder zuzuschneiden; wenn er dann am Morgen erwachte, so waren die Schuhe fertig. Er konnte lange nicht begreifen, wie das zuging, aber:

„Einmal, es war zur Weihnachtszeit,
Da sprach der Mann zu Nacht:
Wie wär' es, Frau, wir sähen heut',
Wer uns die Schuhe macht?
Sie steckten drauf
Ein Lichtlein auf,
Und selber sich verbargen dann
Ganz unter Kleidern Frau und Mann."

„Um Mitternacht da kamen sie,
Zwei Männlein niedlich fein,
Doch splitternackend waren sie,
Die kleinen Schusterlein.
An Schusters Tisch
Sie sitzen frisch,
Die Arbeit zugeschnitten liegt,
Hui! nähn sie, daß die Nadel fliegt."

„Wie stachen, nähten, klopften flink
Die zarten Fingerlein!
Die Nadel wie von selber ging,
Poch! klopft der Hammer drein.
Und da im Nu
Gab's ein Paar Schuh.
Als all die Arbeit fertig dort,
Da sprangen schnell die Männlein fort."

So wußte der Schuhmacher nun mit einem Male, wer die heimlichen Gesellen waren. Die Schusterfrau aber hatte ein mitleidiges Herz und sagte: „Die armen Kleinen dauern mich in ihrer Blöße. Sie müssen so frieren. Ich will ihnen Hemdlein, Rock, Wams und Höslein nähen und ein Paar Strümpfe stricken; du kannst ihnen Schuhe machen." Das thaten die Leute und legten die kleine Bescherung des Abends auf den Werktisch. Des Morgens waren die Sachen richtig fort, und die

Wichtelmänner ließen sich seitdem nie wieder sehen. Dem Schuhmacher aber ist es sein Lebtag wohlgegangen.

C. Nacke.

57. Das Töpfchen.

Das Töpfchen stand in der Küche und sah so neu und so rein aus, daß man seine Freude daran hatte. Da kam das Kind, faßte es an und wollte damit spielen. Das schöne Töpfchen aber sagte: "O mache mich nicht schmutzig; man wird gleich so häßlich, wenn man nicht rein ist, und wenn ich nicht blinke und glänze, wird mich niemand haben wollen." Das Kind lachte darüber und sagte: "Du bist ja gar zu empfindlich; es wird dir nichts schaden, wenn ich ein wenig mit dir spiele." Aber es war gar nicht vorsichtig, sondern stellte das Töpfchen in die Asche und an den Rauch und griff es mit unreinen Händen an, so daß die Schönheit dahin war. Da klagte das Töpfchen der Magd, daß das Kind es so schmutzig gemacht habe, und daß es nun so häßlich dastehen sollte; die hatte Mitleiden und reinigte es wieder, machte es blank und stellte es wieder an seinen Platz.

Bald aber kam das Kind wieder und faßte das schöne Töpfchen an, um damit zu spielen. Da sagte das Töpfchen: "O laß mich stehen, daß du mich nicht zerbrichst! denn die Scherben sind nicht schön, und wenn ein Töpfchen einmal zerbrochen ist, so kann niemand es wieder machen, und man tritt mit den Füßen auf den Scherben herum." Das Kind aber ließ sich nicht bewegen, sondern folgte seinem Eigensinn und spielte immer wilder und leichtsinniger. Da fiel das schöne Töpfchen auf die Erde und zersprang in lauter Scherben. Nun war es dem Kinde doch leid, daß es das arme Töpfchen zerbrochen hatte, und es las die Scherben zusammen und wollte sie wieder leimen lassen; aber es war niemand, der das konnte, und das zerbrochene Töpfchen war und blieb entzwei. Als nun aber die Mutter hörte, wie die Sache zugegangen war, sprach sie: "Du meinst, ich sollte dir ein neues Töpfchen kaufen;

das werde ich aber nicht thun. Wer seine Sachen nicht schont, sondern alles zerstört, der verdient nichts Schönes und Neues zu haben. Du magst nun mit den Scherben spielen."
Curtman.

58. Der Uhrmacher.

Das ist ein gar geschickter Mann. Ich habe einmal in das Innere von Vaters Taschenuhr gesehen; da waren so viele kleine Rädchen, Scheibchen, Zapfen und Schrauben darin, daß mir's unmöglich schien, daß Menschenhände solch' Kunstwerk bereiten könnten. Hernach bin ich aber in des Uhrmachers Werkstatt gewesen und habe gesehen, wie er alle die feinen Sachen mit den niedlichsten Werkzeugen verfertigt. Was für eine Menge Uhren waren da! Goldene und silberne Taschenuhren, Stutzuhren mit schönen Säulen und große und kleine Wanduhren. Die machten ein merkwürdiges Geräusch mit tick und tack, und als gar eine Stunde vorüber war, da hättet ihr sollen das Schnurren und Schlagen hören. Es konnt' es immer eine besser als die andere. Eine große Wanduhr hinten in der Ecke rief nach jedem Schlage: Kuckuck! und eine andere, die daneben stand, fing gar ein lustiges Stücklein zu spielen an. Man sollte gar nicht glauben, daß eine Uhr so lustig sein könnte. Sie hatte ein so ernsthaftes Gesicht und schien sich um nichts weiter zu kümmern, als um die Zeit.
C. Nacke.

59. Was ich habe.

1. Zwei Augen hab' ich klar und hell,
Die drehen sich nach allen Seiten schnell,
Die sehen alle Blümchen, Baum und Strauch
Und den hohen blauen Himmel auch.
Die setzte der liebe Gott mir ein,
Und was ich kann sehen, ist alles sein.

2. Zwei Ohren sind mir gewachsen an,
Damit ich alles hören kann,
Wenn meine liebe Mutter spricht:
Kind, folge mir und thu' das nicht;
Wenn der Vater ruft: Komm her geschwind,
Ich habe dich lieb, mein gutes Kind.

3. Einen Mund, einen Mund hab' ich auch,
Davon weiß ich gar guten Gebrauch,
Kann nach so vielen Dingen fragen,
Kann alle meine Gedanken sagen,
Kann lachen und singen, kann beten und loben
Den lieben Gott im Himmel droben.

4. Ein Herz, ein Herz hab' ich in der Brust,
So klein und schlägt doch so voller Lust,
Und liebt doch den Vater, die Mutter so sehr.
Und wißt ihr, wo ich das Herz hab' her?
Das hat mir der liebe Gott gegeben,
Das Herz und die Liebe und auch das Leben.

Hey.

60. Weihnachtsbilder.

1.

1. Alle Jahre wieder
Kommt das Christuskind
Auf die Erde nieder,
Wo wir Menschen sind.

2. Kehrt mit seinem Segen
Ein in jedes Haus,
Geht auf allen Wegen
Mit uns ein und aus.

3. Ist auch mir zur Seite
Still und unerkannt,
Daß es treu mich leite
An der lieben Hand.

Hey.

2.

1. Ihr Kinderlein, kommet, o kommet doch all'!
Zur Krippe her kommet in Bethlehems Stall
Und seht, was in dieser hochheiligen Nacht
Der Vater im Himmel für Freude uns macht.

2. O seht in der Krippe, im nächtlichen Stall,
Seht hier bei des Lichtleins hellglänzendem Strahl
In reinlichen Windeln das himmlische Kind,
Viel schöner und holder, als Engel es sind!

3. Da liegt es — ach, Kinder, auf Heu und auf Stroh;
Maria und Joseph betrachten es froh;
Die redlichen Hirten knie'n betend davor,
Hoch oben schwebt jubelnd der Engelein Chor.

4. O beugt, wie die Hirten, anbetend die Knie',
Erhebet die Händlein und danket wie sie!
Stimmt freudig, ihr Kinder, — wer soll sich nicht freun?
Stimmt freudig zum Jubel der Engel mit ein!

Chr. von Schmid.

61. Jesus segnet die Kinder ein.

1. Jesus Christus ist so gut,
Wer von ihm was will begehren,
Daß er's keinem läßt verwehren,
Daß er's stets mit Freuden thut,
Daß kein Kind auch ist so klein,
Stets soll's ihm willkommen sein.

2. Seht ihn dort im Volke stehn,
Um ihn her die dichte Menge,
Und wie mitten durchs Gedränge
Fromme Mütter zu ihm gehn;
Und wie viel es ihrer sind,
Jede bringt ihr liebes Kind.

3. Jede will von ihm so gern
Für ihr Liebstes einen Segen;
Doch die Leute stehn entgegen,
Lassen nicht sie zu dem Herrn,
Und die Armen können nicht
Kommen vor sein Angesicht.

4. Doch der Herr mit treuem Sinn
Hat ihr Rufen längst vernommen,
Spricht: „O laßt die Kindlein kommen,
Weil ich ja ihr Helfer bin;
Wehret sie nicht ab von mir,
Denn das Himmelreich ist ihr."

5. Und er nahm sie an sein Herz,
Sprach so sanft: „Ich will euch segnen,
Nimmermehr soll euch begegnen
Angst und Sorge, Not und Schmerz."
O wie froh dann waren sie
Und vergaßen seiner nie!

6. Meine liebe Mutter du,
Komm geschwinde, laß uns gehen,
Laß auch mich den Heiland sehen,
Führe seiner Huld mich zu,
Daß er mich auch küßt und liebt
Und mir seinen Segen giebt.

Hey.

62. Morgengebet.

Mein Gott, durch deine Güt' und Macht
Bin ich gesund vom Schlaf erwacht.
Von Herzen will ich dankbar sein,
Das Gute thun, das Böse scheun.

63. Tischgebet.

Gott, dessen Güte immer währet,
Du giebst uns liebreich, was uns nähret.
Laß deine Gaben uns gedeih'n;
Laß dankbar uns und mäßig sein! Amen!

Harnisch, erstes Lese- und Sprachbuch.

64. Abendgebet.

Guter Vater im Himmel du,
Meine Augen fallen zu;
Will mich in mein Bettchen legen;
Gieb nun du mir deinen Segen.
Lieber Gott, das bitt' ich dich:
Bleib' bei mir, hab' acht auf mich.

Hey